허공으로 솟는 뿌리

허공으로 솟는 뿌리

박 향 시집

불교문예

시인의 **말**

화살집을 다 비우자

문득 한낮이 밝은 것에 놀랐다

차례

제2부

제3부

제5부

제1부

촛불

이제는 돌아보지 마라

까맣게 말라붙은 젖꼭지마냥
부리마냥
사랑했다는 말도
뜨거웠다는 말도 하지 마라

이제는 입술을 가슴에 묻어라

거친 풍랑
밤새 으르렁거리다 사라진 새벽처럼
네 몸을 태웠다는 말도 하지 마라
백일홍꽃씨도 뿌리지 마라

네 가슴속을 밝혀라
너를 다 태울 때까지

허공으로 솟는 뿌리

깎는다, 턱수염을
부산한 거울 속

비버가 되어야 하나
연가시가 되어야 하나
슬그머니 쓰다듬어 본다

뾰족뾰족 까칠까칠
깎여도 솟아나는

사내의 야망

불곰의 길목을 가야하는 새끼를 거느린 암곰이 된 오늘
가시고기처럼
한 순간도 느슨할 수 없는
가슴속 사내의 꿈

감춘다
작은 면도날로

어미

뒤란 감나무
가장 좋은 가지 하나 꺾어 고욤나무에 주었다

고욤나무
감나무 가지가 파고드는 쓰린 상처를 어르며
잘려 나간 고욤의 꿈을 불러 본다
감나무가 된 고욤나무

무성한 잎으로 비바람 막으며
햇볕에 아롱지롱 꽃을 피워도
나에게는 아픈 손가락일 뿐

잘린 내 가지 너의 힘센 팔다리 되고
내 뿌리 네 심장 삼아
푸른 별 깃드는 감나무 되었어도
미더운 열매 농익어도

나에게 너는
생인 손가락일 뿐

책
- 그레이트 오셔로드 편

육지를 넘보며 뛰어 오르는 파도
대륙은 향기 짙은 꽃으로 신성불가침의 선을 그어놓고
까마득한 남극의 꼭짓점을 어미인 양 바라본다

바닷속을 엿보지 못하는 태양
밀림 속 껌추리의 하얀 살결을 흘깃거린다

절벽 틈에서 나오는 헛기침 소리
고해를 하러 왔을까
바닷물 속에 발을 담근 채
아직도 말씀에 귀 기울이고 있는 12 사도

끊어진 런던 브리지는 아직도 복구 중
침몰한 잠수함의 수병들은
잠수경을 올렸다 내렸다 하며 보고서를 타전하고 있다

그레이트서던을 달리며
가장 아름다운 바다와
향기로운 대륙의 이야기를 읽는다

해

  아이는 해를 따러 길을 떠났다 들판을 걷다가 새의 날개를 주웠다 새의 날개를 단 아이는 산을 넘어 또 넘어 호수와 바다를 건넜다 해는 좀처럼 가까워지지 않았다 구름이 되기로 했다 새털구름이 된 아이는 푸른 하늘 높이 멀리 갈 수 있었다 해가 가까워지는 듯했다 이마에 주름이 늘어가고 허리가 굽어져 간다는 걸 모르는 아이는 더 큰 바람과 욕망의 구름으로 점점 무거워졌다 구름은 눈물을 흘리며 늙어버린 아이를 내려놓았다 아이는 느린 걸음으로 들길을 걸었다 높은 감나무에 감이 주렁주렁 달려 있었다 힘조차 없는 까치발로 아이는 붉고 붉은 연시를 따 먹었다

바퀴벌레

쥔은 내 얼굴 모르지만
구석구석 훤하다

한낮 고깔춤 추는 엉덩이도 보고
비자금 감춰 놓은 곳도 다 안다

다만 침묵할 뿐

나름, 씩스홀

- 무릎종양 속 자동차 키(Key)를 제거했다 처방은 걷기뿐 집에서
  역까지 골프장을 설계했다
  깃발하나 볼 한 개 홀컵 하나로 룰을 정한 씩스 홀

티잉 그라운드 위에 섰다

녹색의 페어웨이가 펼쳐 있다

살아온 전부를 건 샷의 순간은 날던 새도 멈춘다

핸디캡 5번 코스

타격의 순간

어디로 날아가는지는 흔들리지 않은 피니쉬로 기

원하여야한다

세상을 살아온 슬기와 지혜로

천천히 끝까지 보기

2라운드 우드샷

마들가리를 떨구며 사래질하는 느티나무

마을버스 유혹을 좇고 걷는다

벙커도 러프도 살맛 더하는

앉을자리를 배우는 청춘의 홀 핸디캡 3번

미들 홀이다

3라운드 아일랜드 홀

4차선 도로를 넘겨야 하는

핸디캡 2코스
빨간 딱지를 안 떼려면 정확히 찍어 가야 한다
우드를 잡을까 피칭 샷을 할까
선택은 내 인생의 몫

4라운드
같은 음은 같은 뜻을 낸다는 죽음의 숏홀 토끼굴
난해해져만 가는 바코드를 해독하려면
멈추던가 전력 질주해야 한다
벌 타도 안면몰수 핸디캡 1번 코스
나이스 온을 외쳐본다
인생은 도전과 좌절 그리고 시도의 연속이라고

5번 링크스 코스
허연 허벅지를 내놓고 엉덩이 흔들며 가는 탄천
세월교를 지나간다
칡넝쿨이 볼을 잡아 삼키는 핸디캡 4번 코스
아이언으로 정확도를 높여야 한다

풀섶으로 들어가면 허점투성이라고
캐디도 로스 볼로 적어버린다

6번 라운드
구성1교 돌다리 너머 펄럭이는 깃발 들고 있는
핸디캡 6코스

구성역 엘리베이터 문이 활짝 열린다

푸르디푸른 나의 길을 걸어간다
깃발 펄럭이는
저곳을 향하여

유니섹스

"정자가 필요하신가요" 의사가 묻는다

"아뇨" 여자가 풍선껌 터지는 소리로 웃는다

세상이 바뀐다더니 여자에게 고추가 생기려나

직장에 정자마저 없어진 남자는 부엌까지 들락날락
고추가 생기려는 여자에게 안달해댄다

치맛바람에 날아가버린 치마는 더는 평화시장에서
도 살 수 없다

백세시대를 조장하는 의사의 음모는 자궁을 들어
내더니 이젠 전립선을 들어내란다

로봇이 잘해요 예약이 밀려있어요 로봇에게 피조
물을 넘긴다

백세를 채우기 위해 거세당한 채 3D를 들고 길을
묻는다

로봇에게는 정자가 필요할까요 난자가 필요할까요

또, 봄

화살을 쏘았다
산 위에서

화살집이 다 비워지고서야
한 개의 화살조차 되잡을 수 없는 사실을 알았다
문득 한낮이 밝은 것에 대하여도 놀랐다

나뭇잎이 바람에 흔들리는 것도 삶의 규칙이란 걸
딱따구리는 올봄도 하늘을 쪼아대고
멧비둘기도 여전 목멘 소리
밤이슬이 키우는 쑥이며 쇠비름 망초들이
뿌리 뻗으며 터를 잡는 묵정밭

감나무 저 혼자 감꽃을 숨고
꿈결같이 아기 새 울음소리 들린다

쏘아 보낼 화살조차 없는 나는 비로소
처음 돋는 새싹인 양
작은 잎사귀를 들여다본다

초대

당신을 초대합니다
당신이 나를 초대했듯이

모든 것 잊고 하루 다녀가십시오

정해진 당신의 자리를 찾으십시오
당신의 잔을 잡으십시오

맘껏 즐기세요
서로 권커니 잣커니 하세요
당신을 주빈으로 모셨으니까요

이곳은 당신이 원하면 하느님의 품
이곳은 당신이 원하면 부처님의 품

나의 긴 여행
당신의 행복한 모습 품고 떠나고 싶습니다
불편했다면 그건 당신의 마음가짐이지 나의 뜻은 아니
랍니다

당신을 초대합니다
당신이 나를 초대했듯이

훈민정음

ㄱ 안녕 안녕하세요

ㄴ 오냐 잘 지내는가

ㄷ 덕분에

ㄹ 그저 돌봐주심에

ㅁ 우리끼리 모여 앉아 왁자지껄

ㅂ 너랑 나랑 손잡고

ㅅ 서로 도와 봅시다

ㅇ 원무를 춰요 즐겁게 세상은 돌고 도니까

ㅈ 넓은 세상을 향하여 걸어 나가자

ㅊ 고개 숙이지 마 어깨를 펴

ㅋ 허리 굽히고 손까지 내밀면 너무 초라해

ㅌ 두 다리 뻗고 앉아 울어도 보고

ㅍ 굽신거려 보기도 하고 받아도 본 인생

ㅎ 두둥실 세상 위를 날아나 봅시다

ㅏ 내 손을 잡아요

ㅑ 두 손을 잡아요

ㅓ 손을 내 밀어요

ㅕ 두 손을 내 밀어요

ㅗ 하늘이여 잡아주세요

ㅛ 내 품 가득 담아주세요

ㅡ 둥근 세상은 직선으로 이뤄졌고

ㅣ 혼자서는 아무것도 이룰 수 없는 세상입니다

닿소리 홑소리 음양 조화 이루어

멋진 한 생 살아 봅시다

다람쥐

거슬러 거슬러 올라가면
내 조상은 누구일까

늙으면 애 된다고
늙으면 네 발로 땅을 짚다가 가는 거라고
입안에 떠 넣어주는 미음 받아먹다가 가는 거라고

이건 뭘까
달력에 동그라미 쳐놓고 잊어버리고
주차장에 자동차 세워 둔 곳 잊어버린다
쌈짓돈도 감춰 놓고 잊어버린다

온 집안 곳곳 뒤지고 다닌다
변기통도 휘저어보고 바위 밑도 파 본다
나무 밑도 살펴보고 구르는 네 혀도 들여다본다

되짚어 되짚어 짚어 가면
우리는 한 족속이었나 보다

바람은 혼자 울지 않는다 3

마파람이 추락한 여름의 날개를 달고
벌판을 달립니다

갈대가 어깨를 비벼대며
푸름으로 봄을 키우던
늪바람 향기를 맡으며 온몸을 흔들며 웁니다

들판에 작은 어깨 하나
흰 머리 날리며 나섰습니다

어느새 커 버린 커다란 손잡아 줄 수 없어 함께 웁니다
비로소 웁니다

부서진 마음으로
바람보다 더 큰 소리로 외칩니다

나보다 더 가슴 아픈 자 누구인가

묵주알 염주알

수녀님이 매듭으로 묵주를 엮어주었어요
핸드폰에 달고 다니지요
묵주 기도는 안 하지만
엄마의 옷고름인 양 항상 조몰락거리지요
꼬질꼬질 손때가 잘 묻는
주홍색 묵주는 가끔 빨기도 해요

스님 따라 108배를 하다가 넘어질 뻔도 했지요
후들후들 떨리는 다리로
염주알의 무게를 묵주알에 새겼어요
백팔배의 의미를 생각하면서
묵주알을 만지작거리기도 하지요

묵주알 하나 돌리면서 염주알 하나 돌리듯
예수님의 부활과 부처님의 가르침을 생각하지요

나의 묵주에는
염주 명상 기도가 꼬질꼬질하게 절어 있어요

도시의 봄

엘리베이터 문이 열리자
우르르 봄의 향기가 몰려나왔다

작은 제비꽃 쫑알대며
하늘거리는 장다리꽃

어디서 날아왔을까
보리밭 종다리 날개 치는 소리

촉촉한 흙냄새
까르르 터지는 파란 싹
들판을 가로지르는 휘파람 소리

봄의 매화포 터진다
하 하 호 호

제2부

가시버시

이슬 위에 누웠다
발을 맞대고

당신은 시침
나는 분침

반짝이는 별 하나
바라본다

새 터

한 옴큼씩 한 옴큼씩
떠나버린 추억을 허물고 있다

철근 사이사이에서 딸랑이가 떨어져 나오고
녹슨 롤러스케이트가 튕겨 나온다
아빠와 함께 달리던 핸들 없는 빨간 자전거도 달려
나온다

우두둑 힘센 팔뚝에
때론 한 입 한 입 물어뜯는 앞니에
할아버지의 낡은 낚싯대도
할머니의 수틀도 잊히고 있다

남김없이 떠난 자리
새 터에 모란 작약 그리고
배롱나무 두 그루도 심어야겠다

그리운 이름

팍팍 팍
소리 없이 터지는 지뢰
땅속에 무슨 일이 생겼나 봐요

마음에도
눈에도
닳아버린 연골에도
봄의 화살촉이 날아와 박히네요

산길을 걷다가 두 볼이 빨갛게 물들어 버렸어요
어느새 왈칵왈칵
그리운 이름이 솟아나는군요

하얗게
노랗게
파랗게

알밤 사랑 이야기

넌 처음부터 그랬어
참을 수 없어 손목 한번 잡으면 피를 흘려야 했지
밤꽃 향기 온 산을 품는 밤 밤새처럼 울어도
일렁이는 잎사귀 속에 숨어 숨어 토라져 있었지
가시에 싸인 마음 달랠 줄 몰라
낮에는 해님께
밤에는 별님께 빌고 빌었지
조각구름 붙잡으며
너 없는 세상 홀로 가리라 매달렸지

휘영청 밝은 바람마저 없는 날
억센 가시 꽃송이처럼 벌리고
부끄러워 부끄러워 말간 볼로 활짝 벌려주었지
탱글탱글 감추며 감추며 씻은 하얀 속살
내 가슴에서 탁 터지며
달 상큼한 첫 키스로 녹아버렸지

나를 가져 몽땅 가져

꽃바구니 택배

전철 안 노인석 찾아 선
꽃바구니

남편의 이름으로 쓰인
사랑하는 아내의 이름 꽃바구니 택배
순간일까 영원일까
환한 미소 흘러넘친다

검은 턱시도와 하얀 드레스
회색빛으로 물드는 진통
꽃가지마다에 끼워져 있다

들꽃 꺾던 수줍던 시절도
꽃 그림자로 피어나는 꽃바구니
지하 철길 따라 꿈속으로 달린다

연보라빛 리본 팔랑거리며
바람 응석 부리며 간다

너에게 가는 길

모래 속 재첩이 꿈을 품는 하동포구
바람보다 먼저 달려도 닿을 줄 모르는
하얀 그리움

벚꽃 십리 길
떨어진 꽃잎 위로 바람이 분다

꽃방석을 깔았다 걷었다하며
연분홍 이야기 가지마다 업은 고목
기다랗게 목을 빼고
서성이는 동구 밖

꽃잎 하나 주워들고
행여 너 다시 올까
긴 고동 울리며 떠나가는 배 바라본다

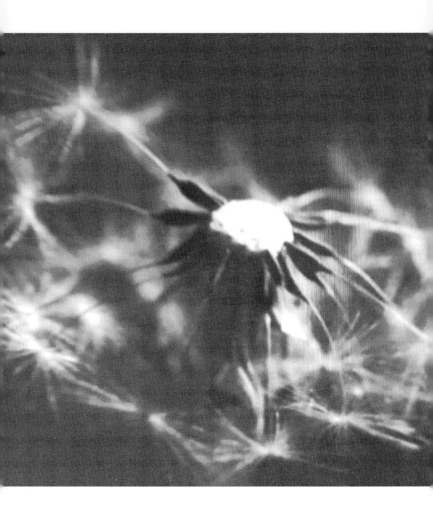

닉네임의 너

누구인지 몰라서 좋았다
얼마나 예쁜지 몰라도 좋았다
그저 좋았다 나는 네가

흰소리 쓴소리 맘대로 투정하고
내 맘 가득 너를 그렸다

명동 거리에도 호젓한 시골 들길에서도
너인가 싶어 모두 반가웠다

지금 어디 있는가
지나치는 얼굴들 사이로
하나하나 불러보며 지난다
밤새워 불러도 다 못 부를 이름들
쌀밥 귀천 무너미 흙돌 시냇물 유리 부록……

롤리

조막만 한 몸통에 동글동글 갈색 털
새콩 같은 까만 점 세 개
콩닥거리는 햇심장
제 이름도 모르면서
발길에 차이며 쫓아다니는 쵸코 푸들

토닥토닥 자장가를 불러주면
옛날 내 아가처럼 쌔근쌔근 자다
살며시 일어서면 앞서 달리는

롤리는 오줌싸개
롤리는 똥싸개
롤리는 굴러다니는 웃음 불꽃

상고대

다시 왔어요
가지 끝 새순 위에 꽃으로 피었어요

따스한 볕살이
날 쓰다듬어주네요

그냥 그가 올 때까지 날 내버려두세요
이 봄만 아니 내일까지 오늘 하루만이라도
아니 아니 한낮이라도 부디

빛깔도 잊었어요
내 노래도 잊었어요

다시 돌아왔어요
서리꽃으로 왔어요

이승이 좋다

군것질이 생각나면 마을버스를 타고 나간다
거기에 가면 찰옥수수가 푹푹 열기를 뿜으며
구수하게 당원 냄새를 풍기고 있다

노란 옥수수빵이 살진 내 배를 유혹한다
그곳으로 가면서 천당을 그려 본다

천당에도 먹을거리 풍부한 시장이 있을까
가슴 타는 들녘은 아랑곳없이 없는 게 없다
사과며 수박이며 블루베리 망고까지
사랑이며 이별까지

먹는 맛이 사는 맛이라 했는데
으스대며 뽐내는 맛 그 맛이 사는 맛이라 했는데
천당은 무슨 맛일까

시장통이 왁자지껄하다
돈지갑이 사라졌다나
도깨비도 입이 궁금해서 왔나 보다

그리움의 소리

찰랑대는 파도 소리 엄마의 자장가인 양
살결을 곱게 다듬는 모래

봄밤 새우는 소쩍새소리에
키를 정하며 꿈꾸는 나무

도로를 달리는 소음 엄마가 부르는 자장가인 양
잎눈을 키우는 철쭉
산골짜기 물소리 향긋한 솔바람 잊은 채

차창을 때리는 빗소리 엄마의 자장가인 양
손바닥으로 낙숫물 받아 물 구슬 굴리던 시절 추억하며
나는 들꽃처럼 자란다

당신은 아는가
가슴속에 샘솟는 따스한 마음
그리움의 소리가 꿈을 키운다는 걸

바람 우체부

고개고개 넘어 금강이 청벽을 휘돌다 쉬어가는 마
을버스 한 대 없는 산골짝 마을 길 그리움에 젖은 이
야기 가득 들고
터벅터벅 걷는다

원추리꽃 반가워라 등기 한 장 받고 개망초 관리
실 우체통에 읍내바람 넣어주고 호박꽃 가슴에 신
데렐라 이야기 들려주고 열린 쪽문 앞에 뜨겁게 맞
이하는 봉숭아 봉숭아 그만 주저앉아
편지를 쓴다

꿈꾸는 행복 도시에서

"첫 삽질
왜 하필 송원리냐 투쟁하자 단결하자"

뿌리 잘린 대나무 휘여휘여 마른 잎새 흔들며 외친다
금물결 은물결 날리며 불어오는 금강 바람에
빛바랜 옷자락 펄럭이며
쉰 목소리로 와석와석 소리를 지른다

살살이꽃 헤실대는
강둑 위에 줄지어 서서

고향을 지키자
고향을 잊지마라 손을 흔든다

우화

터졌다
이마에 달린 주먹만 한 고름 주머니
악다구니 치던 아낙
한강변 옥수동 내리막길을 간다

해병대 산은
청상과부 시어미의 사망신고를 하던 날보다
더 큰 소리로 울부짖는다

팡팡 한강 줄기가 집집이 쏟아져도
긴 줄을 서는 물지게
쌀 한 됫박 든 양회 봉지랑 붕어빵 한 봉지에
흥얼거리며 오르던 언덕길

연탄가스에 헉헉대다가
박카스를 팔고 와
지아비에게 두들겨 맞으며 질러대던 비명
피범벅 고름이 되어 흐르던 가파른 골목길

비 갠 날
동굴로 변한 빈집 재개발 바람에
환한 웃음 굴러 나오고 있다

다듬이질

섶다리 건너가는 내 그림자
도닥 도닥
물살이 다듬이질한다

구깃구깃
뒤틀린 내 심사 질기기도 하여
진양조장단에서 굿거리장단으로 달래 본다

박달나무 방망이 쪼개져라
다듬잇돌이 깨어져라 억수장마 물러가라
단모리장단으로 몰아쳐 본다

섶다리 밑 실개천
물빛 달빛 함께 다듬이질한다

독도 아리랑

구비치는 파도는 몇 구비일까
파도를 넘어간다 아리 아리랑

독도야 잘 잤느냐
갈매기 아리랑 비바람 아리랑
바다가 철썩철썩 놀자 어둥둥
파도를 넘어간다 아리 아리랑

드높은 태극기
내 조국 아리랑 대한민국 아리랑
온 겨레 기원이 어둥둥
파도를 넘어 간다 아리 아리랑

외로워 말아라
파도가 지키고 비바람이 너를 감싼다
애간장 녹는 내 사랑 어둥둥
아리 아리랑 독도 아리랑

제3부

시인 할인판매

대 폭탄 세일
굵고 붉은 글자들

등단만 하면 시인이 되는 줄 알았어요
첫사랑 눈 맞춤마냥
나를 잡아 세운 마네킹의 자태
일, 십, 백, 천, 만, 십만, 백만, 천만,
목걸이에 걸려 있는 동그라미를 자꾸 읽어 봅니다
신제품은 할인이 안 된다네요

부메랑의 법칙이 존재의 법칙으로 가득 담긴
내 인생의 카트엔
두터운 현대사의 주역 한 권
알아주지도 않는 발명특허 한 장이랑
팔리지도 않는 시집 두세 권
어쩐지 세일 물건만 담은 카트 같지 않나요

　대 폭탄이 떨어져도 끄떡없는 카드의 두께를 감당
하려면

그윽한 눈빛 풍부한 가슴을 키워야 해요
애초부터 시인이 되려면

알 수 없는 동그라미를 잔뜩 그려
목에 걸고 섭니다

나사못

주울까 말까 망설이며
길을 걷는다

어디서 빠졌을까

삐거덕거리는 무릎관절에서 일까
잊혀져가는 기억의 한쪽 문일까
긴 밤 새우던 그리움일까

길을 걷는다
덜거덕거리는 세월의 문을 끌고

할!

절벽이어야 했어 내 귀는
화산분화구여야 했어

청진기를 들이댄 네 처방대로 물만 먹다가
부레가 뻥 터져 죽어 앞서간 생선의 뼈를 염이나
해야 했어 네 입은

섭씨 39.9도로
추간판 터진 자음 모음을
모니터로 나르다 보니 버럭 헛소리가 새어 나오는
거야

이 봐, 조감독
내 손바닥엔 왜 안 그렸수
그 뺨 한 대
속 시원히 때릴 수 있는
대본 한 줄

백담사 계곡에서

계곡물 따라
수많은 돌탑들

오르다 주저앉은 천태만상 중생들

삼천 배 독송 따라 산을 오르고
목탁소리 백팔 계곡으로 흐른다

높은데 계신 부처나
낮은데 계신 부처나

부처는 하나
부처는 하나

이어도

잡놈 하나 걸렸것다

때는 바야흐로 시그너스가 ISS를 향해 날고
3D복사기가 똑같은 나를 만들어 내는 세상에
벌나비 붕붕 풀꽃들은 예서제서 배시시 웃는다고
산골 웬 잡놈 하나 갱매기 들구 배깥들 쏘다니다
가 딱 걸렸것다

너 이놈 네 죄를 네가 알렸다

에그머니
먼 얘그유
동동주 한 잔 마시고 배깥뜰 거닐다가 꽃잎 한 장
뜯었지유
바람이 불어 풀이 자빠졌남유
바람 분다고 풀이 먼저 자빠졌남유
낸 이래 뵈두 풍류 있고 뼈대 있는 한 집안 가장이
라유
이보셔유

헌법 제17조의 '모든 국민은 私生活의 祕密과 自由를 侵害받지 아니한다'도 모르시는 감유

뭣이 가장?
꿩새 울었다 이 사람아

가위바위보

1
청계천변 극장 무대에서 검정 사마귀 한 쌍이
퍼즐게임을 하고 있습니다
판사도 검사도 변호사도 함께

2
판사는 31%가 크다고
사마귀에게 뇌를 파먹힌 잠자리가 되어 방망이질 합니다
검사도 변호사도

3
69%의 지분을 가진 사내의 오랏줄을 풀 수 없어
엑셀의 함수를 구하는 세무사의 마우스를 보고 있는
그날 그 시각
내 마음을 태우듯 불길에 휩싸이는 숭례문

4
어둠이 엉겨붙은 담벼락에 고드름처럼 달려 낙수가 되고
피눈물에 젖어 있던 날
바람에 실려 왔습니다
수사마귀의 짧은 부고 한 줄

5
암 사마귀는 알집을 만들고
수중다리좀벌은 알 속에서 꿈틀거리기 시작했다는

토끼굴

고라니처럼 뛸까
늙은 암소처럼 걸어갈까
벽에 찰싹 붙어 게걸음질 치고 있는
보행자 우선 글씨

구두 유행이 몇 번 바뀌었어도 보정동 토끼는
늘 검정 고무신
바닷속 자라가 실시간 검색을 하여도 토끼는
간을 뺐다가 넣었다가

오지의 후원금이라도 받아와야 하려나
정책 우선순위에 밀려 오락가락하는 개발계획
망설인다

신호등도 없는 토끼굴
달겨드는 좌 우파를 피할 도리가 없다
토끼굴 벽에 종잇장처럼 바짝 붙어 고속도로 밑을
지난다

아무래도 시골 묵정밭 잡초 위에

제초제를 뿌려야겠다는 생각을 하면서

오열

오열午熱로 익은 두 뺨에
오열嗚咽로 터져 나오는 눈물이
두 뺨을 타고 내리기도 전에 마른다

오열五列에 손잡은 오열伍列들
땅이 갈라지고 바다가 솟아나고
동분서주하는 사람들

붉디붉은 동백꽃송이
오색五色으로 물들이는 오두烏頭 위에
툭 툭 떨어진다

해거름을 잡는 윤구월
갈대 이엉에 핀 눈꽃
가슴속 오열午熱은 아직 식지 않았는데

해넘이는 오열惡熱에 떤다.

무단세입자

농기계 지나간 자리 솟아오른 아카시아
내 터라고 팻말 붙이고 싶어
손 쑥 내밀고 아는 체 한다

언제 자리 잡았을까

뿌리 따라 파고들어도
두 다리 벌리고 버티고 있는 아카시아
당겨도 엉덩방아만 찧게 할 뿐
도리질을 친다

황토골 척박한 이 땅이 내 집이라고
하얀 꽃잎 입에 물고
벌렁 누워 버린다

공주

깨어나는 소리 나무들 수런대고
산기슭에 소쩍새 날 때
잠들지 못한 백제의 잔해들이
주섬주섬 눈을 뜬다

부러진 칼 촉
녹슨 장신구의 들숨 날숨이
뿌리에서 기어 나오더니
잎사귀가 흔들리고 숲정이 출렁거린다

누구에게 당겨졌던 살촉이련가
시위를 떠난 화살은 여전히 이승을 맴돌고
겹겹이 쌓인 지층 속에서
거친 숨길 아직도 그렁거리는가

하나 둘 다독이며 속살대는 이야기
깊고 깊은 전생의 어둠에
횃불을 치켜든다

짝

빨간 가방 속 장갑 한 짝
잃어버린 한 짝을 찾아 전철을 타도 두리번거린다
작은 화단도 살핀다

눈싸움의 온기도
맞잡은 손의 감촉도
아직 그 속에 있는데

언제일까
어디서 일까

한파경보가 내린 오늘
빨갛게 언 손 비벼대며 길을 나선다

녹슨 동전

좌르르
쏟아지는 낡은 동전 지갑 속에서
따라 나온 한 잎
차마 바라볼 수 없는 몰골이 되어
반짝이는 백동전 사이에서 엿보고 있다

어찌 저리도 험하게 한세상 굴러왔을까
뻥 뚫어진 못 자국
짓밟히고 두들겨 맞은
이지러질 대로 이지러진 얼굴

푸른 독 얼굴에 퍼진
입매도 못 가신
십 원짜리 동전 하나

명치끝에 달라붙은 내 적 한 덩이

작달비

머리에 붉은 띠 불끈 매고
주먹 쥐고 외친다
창문을 두드리고
도로를 점거하고
골목마다 외치는 무리 한데 모아
검붉은 얼굴로 달린다

한강으로 가자고
다 가져가자고
신용 잃은 신용카드
악성 댓글
짝퉁 상표
모두 쓸어가자고
득달같이 바다까지 가야한다고

눈 벌겋게 뜨고 달린다
북 치고 장구 치고
채질하는 작달비

뭉크의 절규

외쳐도
외쳐도
들리지 않는

유리벽 저쪽에서 외치는 소리

이쪽이 감옥인지
저쪽이 감옥인지

우리는 한마을 친구

916마일

인천에서 타오위안까지

앞 냇가 징검다리 건너듯 달려왔지요

바닷소리 자장가로 들으며 자란 우리는 모두 닮았어요

까만 눈동자와 검은 머리 우리는 형제지요

닮은 혼魂불로 태어난 우리는 한 마음이지요

매이화가 피면 매화도 피고요

저어새는 여름과 겨울을 넘나들지요

916마일은

아마존강줄기 끝에서

지구를 돌아 그어지는 곡선曲線 중

하나의 점點일 뿐이지요

손을 내 밀면 잡히는 짧은 선상線上의 너와 나

시인들이여 강강술래 춤을 추어요

오작교烏鵲橋를 만들어요

어제는 서울 오늘은 대만 내일은 어디일까요

중국도 좋고요 일본도 좋고요 필리핀도 좋아요

앞내 가 징검다리 건너듯 건너 건너

우리 또 만나요

혼돈시대

널려있다
온 집안에
논바닥에 쓰러진 볏짚처럼

항암제의 효력이 이제야 나타난다고
하얗게 웃는 며늘아기

갓 돌 지난 아이 과자에 엉겨 붙은 머리카락
놓지 않는다
어미의 탯줄을 움켜 쥔 듯

도마 위에서 다져지는
이 애간장

제4부

햇귀

생의 문서
꼭 쥔 두 주먹 흔들며
왜장친다 응애 응애

힘 모아 부르는
우주의 태동소리

둥지

양지바른 산비탈
지난해에는 강아지풀이 꼬리를 흔들며 놀고 있더니
올해는 달맞이꽃이 밤새워 기다리고 있군요
햇볕은 여전히 따사롭고
달빛도 별빛도 풀숲에서 머물다 가는 곳

나무숲 가지에서 뭇새가 왼 종일 짹짹대고
호기심 가득한 꼬까울새 두 마리
텃밭 일구는

그곳에는 멜본으로 쉼 없이 오가며 먹이를 물어다
주는
기러기아빠가 꿈을 꾼답니다
커다란 날갯짓으로 새끼기러기 훨훨 돌아오는

밤이슬이 어미의 기도인양
자장가처럼 곱게도 내립니다.

자하문 밖 이야기

어릴 적 나는 문안에서 살았다
할머니는 자하문 밖 이야기를 해 주었다

산비탈 능선 따라 자두가 주렁주렁 열리고
소금 장수 낯 씻고 쉬었다 가고
말 타고 가던 장수가 돌 위로 흐르는 맑은 물가에
서 칼을 갈았다는 세검정
양지바른 마을 밤나무 밑 양철집에 아가가 살았
는데
도깨비도 아가랑 살고 싶어 바람도 안 부는 한밤
에도
후드득 떼구르르 밤나무 흔들어 알밤 던지고
달가닥달가닥 설거지하고
마을 어귀에서 술 취한 사람에게 씨름을 걸기도
했는데　한 사람이 이겨 그놈을 나무에 꽁꽁 묶어
놓고 아침에 나가보니
피 묻은 몽당 수수빗자루가 대롱대롱 걸려 있더래
할머니가 된 나는 북한산 기슭에 집을 짓고 자하
문 밖 거리를 걷는다

손자 손을 잡고 옛이야기 들려주면 홍지동 바위산
진달래가 어깨를 들썩인다
　　나도 바람에 전해 들었다고

능소화

어머니의 성지였다
벼락 맞은 감나무가 있는 뒤란은

가을이 한발 앞서 열매를 맺고 낙엽을 떨구던 곳
별이 숨던 어느 날
나무기둥이 되어버린 감나무
서방 의지하듯 하나둘 모여든 장독대

항아리 위에는
늘 새벽이슬 담긴 정화수 한 그릇

몇 번째인가 어머니의 기일
재건축을 논의하면서 찾은 뒤란
장독대를 지키고 있던 고사목엔 한 송이 능소화

몇 해를 기다리며
메마른 손으로 오르고 오른
들켜버린 주홍빛 어머니 얼굴

아기 고양이

던져졌다
광활한 호주 초원에
아기 고양이 한 마리

하늘일까 땅일까 뛰어놀다가 갇힌 하얀 덫
밤새 울어도
갈색의 얼굴과 검은 머리를 호기심으로 바라볼 뿐
둘러보아도 모국어는 없다
손톱을 물어뜯거나 손가락으로 땅을 후벼판다
얼마큼 파면 내 모국어가 솟아 나올까

손가락에서 흘러내리는 붉은 피
붉은 언어를 읽은 그들
어깨를 부딪치며 엉덩이를 치며 놀아도
하얀 곡선으로 만나지 못하는 홀소리와 닿소리

외로움과 낯섦 속에서
날카롭게 자란 고양이의 발톱
이국의 하얀 덫을 하나씩 끊으며
삶이 되어 걸어간다

수레국화 핀 날

첫사랑이라고
만나게 해달라고 조르고 졸랐다던 녀석
몰라 난 네가 목을 매달았건
몽달귀신이 되었건

너지?
먼 하늘 인양 바라보는 너
눈길마주치자 슬그머니 고개 돌리는
바보
나랑 무슨 대수람
사랑은 주는 거지 받는 건 아니잖아

보리 노을 속 양귀비 수레국화 어우러진 인천대공원

집으로 가는 길
길 잃어버려도 좋은 날

학교 가는 길의 봄

숲속 마을 학교 가는 오솔길
재잘재잘 재잘거림에 매화가 피어났다
산수유도 피어났다

노루귀가 가랑잎을 들추며 갸웃거리고
노란 목도리 칭칭 둘러 감은 복수초
저도 따라간다고 아장아장 개불알꽃

꼬까울 새로 날아와 지저귀는 우리말
멍멍이네 꿀꿀이는 멍멍 해도 꿀꿀 하고
꿀꿀이네 멍멍이는 꿀꿀 해도 멍멍 한다

재잘재잘
다람쥐보다 먼저 달리는 홍정이
까치보다 높이 나는 홍준이

안아 주고 싶은 모습 두 눈에 심는 할머니
쇠별꽃 앵초 양지녘에 꽃을 피운다
숲속 마을에 수를 놓는다

산벚나무가 된 할머니
아이들 소리 위로 꽃잎 날린다

아재의 유월

푸른 물에 온 세상 푹푹 젖어 들 때
포성보다 더 무서운 진통 속에서
숙모는 동생을 낳았다
모두 우왕좌왕 떠나갈 때 아들의 생사도 모르는 할
머니는
모든 것이 부질없었다

아우성을 덮어버릴 듯 폭우 쏟아지는 밤
군장을 갖춘 아재는 돌아왔다
나라보다 가족이 우선이었던 아재
긴 세월
아재에겐 우군이 없었다
자식들도 모두 떠났다
무능만을 탓하며

탄피도 녹음 속에 녹슬어 버리고
동란둥이 동생이 할아버지가 된 유월

아무도
아재의 일생을 삼켜버린 그날에 대하여
이야기하지 않는다

빛바랜 적 없이 세상을 적시는
태고의 푸름마저도

김장 야화

동네 아낙들
둘레둘레 모여 앉아
돼지고기 삶고 생태국 끓이고
노란 고갱이에 고기 한 점 빨간 생채 소복

줄레줄레 부록으로 따라온 남편들
쇠주에 안주 좋아 들러붙은 엉덩이
남녀칠세부동석은 옛말
김장 속 넣으며 소복소복 넣는 입담

세종댁은 왜 혼자 했디여
그 깐 스무 포기 후딱 했지유
삼겹살 안 삶으려 혼자 했대유
괜찮아유 유구댁이 꼬리곰탕 한데지유
맞아 쇠꼬리 짜르고 빨간약 발라 반창고 붙여 놓는
다했시유
소 내가기로 계약했다며 꼬리 내놓으라면 으짤 껀데
꼬리 봤나유 우리 소 본래 꼬리 없었시유

그려그려 꽃등심도 두어 근만 베어내
갈비도 한 두어 대 빼고

바닷새 되어

기린이며 캥거루며 호랑이 토끼
나무를 감고 있는 긴 뱀이 있는 동물원커피숍
유리 벽 너머
길이 보이는 곳에 앉아
장자의 조롱에 갇힌
예쁜 바닷새가 되어 그를 기다린다

잘 차려입은 사람들이 드나드는 것을 보며
거친 바다를 훨훨 날아 본다
자맥질도 해 보며

일어서서 나갈까

그러나 지금도
자리를 박차고 일어서지 못하던 그날처럼
그를 기다리고 있다

현대사의 주역들

두께가 한 뼘 되는 책이 도착했어요
현대사의 주역들
광복에서 6.25 4.19 5.18
초대대통령부터 오늘에 이르기까지
현대사의 내로라하는 위인들의 업적 속에
무수한 훈장 속에 상벌 하나 없는 내가

바람 분 적이 없어요
실바람도
건들바람도
싹쓸바람도

해와 별을 다 따버린다 해도
하늘과 땅 사이가 모래로 채워진다 해도 나는 몰라요
국내 최초 영화관의 간판을
실사 출력으로 바꾼 남편도 슬쩍 들어간

대학 총장님 이름 밑쯤에 내 이름이 있어요
내가 웃고 있어요 정말

형제

사탕 하나 깨물어 나누어 먹고
구슬 딱지도 아낌없이 나누던 형제
무엇을 마다했을까
피 끓는 심장 한쪽도

한 이불 속 아랫목에 발 묻고
하루 한낮 이야기에
별들도 귀를 쫑긋대며 모여들고
장대비 폭설도 아랑 곳 없이
목백일홍 모란 작약 해바라기 채송화
어우러져 피던 날들

엄마 떠나가신 뒤
빈 하늘엔
떠도는 일곱 개의 구름 조각들

막걸리 타령

하늘이 출렁거린다
후줄근한 구름만 오락가락
시장통 목청들이 출렁거린다

한 편에 자빠져 하품하던 지게가
육자배기 한 타령 뽑는다

내고향이을마나좋아졌다고요
그좋은땅다팔아먹고왜여기있냐고여
자식출세했음뭐한다요
지들이박사에교수라면뭐한다요
뒷동산꽃동산이내동산이었거늘
송곳꽂을땅한조각없는서울임대아파는뭔소리래요
박스주워다현관에쌓나여
지게지고에리베이터탈까나요

호텔 뷔페에 막걸리 있다네요
막걸리는 사발에 부어 마셔야 제맛이여
새참에 마시는 막걸리 맛, 지눔들이 아느냐구여

흥타령에 노점 천막 출렁거린다
지게가 출렁출렁 출출렁
우리네 귀갓길도 출렁거린다

가룸째에서
- 마취실

하나 둘 셋
아 천천히 천천히
내가 들었던 마지막 말

나는 문득 올라가다가
피안의 언덕 어디쯤에선가 애절한 부름에 멈춰 세상을 본다
하얀 침대보에 덮인 나
살붙이들의 웅성거리는 틈에서
그가 울부짖는다

있을 때 잘하지 되뇌는 순간
다시 돌아와
뚝뚝 떨어지는 내 눈물 같은 링거를 바라보고 있었다

왜 떠나지 못했을까
이승으로 돌아선 그 순간을 생각한다
문득 또 가끔

정월 말날

합궁을 기다리는 오지항아리
겨울 숨은 장독대 볕살이 수줍다

보석처럼 반짝이는 안면도 천일염
샘물 한 동이 몸을 섞자
파도가 출렁이는 바닷물이 된다

달덩이같이 낯 씻은 메주
홍고추 세 개 머리에 꽂고 호사를 한다

참깨 몇 알 뿌려주니 오지항아리 속은
하얀 구름 머문
우주의 자미궁이 된다

청솔가지 꺾어 붉고 큰 고추와 함께
금줄 달아 놓았다

제5부

대나무

푸른 잎으로
곧음 감추고
바람이 불적마다 한숨씩 운다

바람인 척
제 몸 부대끼며 외친다

잊고 싶은 세월 마디로 그려 놓고
채우고 싶은 욕망
빈 가슴인 채로

하늘 이기고 싶어 한다

X=Y

키보다 더 큰 대빗자루 치켜들고
지척거리며 쫓아간다

물 빠진 개펄 같은 얼굴
손등에 핀 검버섯도 예쁘기만 한
첫눈에 들어버린 자태가 아직도 가슴에서 설렌다

허리에 찰까
주머니에 넣을까
누가 볼까 호랑 눈으로 흘겨보며
호주머니에서 나오려는 머리를 쓰다듬다가
꿀밤도 치며 자꾸 눌러 둔
호호 불고 털어 온 가뭇한 세월

어느 놈 일까 불러내는 놈은
사내 눈을 호리는 끼가 있어 예나 제나

비틀거리는 세월을 달고
동구 밖으로 내 닫는다

어머니의 나라

나물 캐러 가자고 푸른 산을 가르킨다
나물이 쇠겠구나 조르신다
시모를 뒷좌석에 모시고 산바람 들바람을 만나러 갔다

나무였군
빙그레 웃는 미소가 고왔다
날 보는 처음에도 저런 미소였지
막내아들 장가보냈더니 끈 떨어진 타래박 신세 됐다는
투정 따라 굵은 주름 늘어만 갔지
내 한의 골도 깊어지고

서방 등골 빼먹는 년 웬 자가용이냐 던 투정도 잊은 채
나들이 채비를 마치고 뜰을 서성거린다

찾아오지 않는 아픈 손가락을 세며
문득 과거 속에서 돌아오는 날은
주름 한 줄 따리 져 따라온다

어머니 제삿날

향을 피운다

소리 없는 발자국 기다리다가
잠들어 버린 댓돌 위
서리 피어오른다

큰애도 작은애도 바쁘다 했는데
화문석 돗자리에 긴 촛대그림자 아직도 고요하다

가난만 물려주었노라 추억조차 인색한 지방 앞에서
타오르는 향을 바라본다
아직 기다림에 부셔 질 줄 모르는
스러진 향의 흔적

제상 가운데 넓은 바다 헤치며 키워왔을 모성
어미대왕문어 한 마리

흐르는 자시를 붙잡고
문어를 위한 향불 피워 올린다

고물상

동강 난 철재 빔이 알통자랑을 하며
굵은 팔뚝을 걷어 올리고
찌그러진 양철통이 이빨 빠진 목소리로
낼 아침부터 조깅을 해야겠다한다

쭈그리고 앉은 철사뭉치
기다란 가방끈을 줄래줄래 읊조리며 커피를 휘젓는다

귀퉁이 바닥에는 녹슨 못이
꼬부라진 허리를 뒤척이며 자랑한다
나는 독수리 날개를 매달았었지
곰가죽을 벗겨 벽에 걸기도 했어

초라한 몰골들의
높아가는 흰소리

AS 센터에서

주차를 하다 오른쪽 백미러가 기둥에 부딪쳤다
가느다란 두 선에 매달려
덜렁거리는 거울은
무수한 조각을 이루며 내 얼굴을 비춘다

수십 개의 거울이 나를 본다
조각만큼 숱한 마디들이
내 얼굴에 들어있다

연수가 제법 지난 차
폐차를 해야 될까

수리공이 견적서를 내민다
내역이 잘 보이지 않는다
테니스엘보로 늘어진 팔
수리내역서를 받아들고 오는데
찢어진 관절이 불편하다

숱한 얼굴속의 마디들
AS 될까

병실 침대의 고백

환자의 울음이었어요
보호자의 웃음이었어요
갈지 못하는 시트처럼 가라앉은 소리로 말이죠

엉덩이뼈가 내 등살에 박히더니
점점 가벼워지기 시작했지요
뼈마디를 맞추며 삐꺽대던 소리가 뜸해지더니
잔잔한 흥얼거림이 흐르기 시작했어요
그 소리는 오랜 세월 들어 본적 없는
이름이죠
미움도 원망도 없는 곡조로
놓고 간 그 이름을 부를 적마다
소리가 작아졌죠
이젠 알았을까요 혼자라는 것을

사각사각 소곤거리며
풀 내 나는 시트가 나를 덮어 주네요
그때 들리던 소리
웃음소리였어요

노인정

먼 기억의 이야기 찾아드는 발걸음

후미진 길목
찢어진 무더기로 꽂혀 있는 어선의 깃발
해일에 얹혀오는 살점 소식 들릴까
파닥거리며 하루를 더한다

떨치지 못하는 생을 끌고서
외로움에 지친 낡은 배 한 척
뱃고동 소리도 없이 돌아올까 봐

갈매기 목쉰 소리 노 젓는 소리일까
늘어진 젖가슴 계곡에
들릴 듯 말 듯 파도 소리 귀 기울이며
어부 사라진 곳을 지키는
헐지 못하는 낡은 등대들

눈 쌓인 빈 의자

하얀 침묵으로
빈 의자에 쌓이는 소리 없는 아픔

부르지도 못하는 이름
눈 시리도록 바라만 보았는데

어느새 왔는가
우두커니 앉아있는 그대
슬픈 그림자

사적 제354호

탑골공원은 고서적 센터

발행 연도 백 년이 채 못 된 낡은 책들이
볕살을 쬐고 있다

더러는 좀에 먹히고
더러는 낱장이 찢어져 나가고
촛불을 들고 나서다가 상처를 입기도 하는

박나무 이나무 전나무 송나무 오동나무 신갈나무
1.4후퇴 이야기도
고엽제 이야기도 뼛속에 새겨져있다

더는 팔리지도 않는 책
독도는 한국 땅
간도는 조선 땅
책장 넘기며 대마도도 우리 땅이라 외치는

어두워지면 들여놔야 되는

누군가의 소중한 장서藏書들로 가득한

고서적센터이다

가로등

길모퉁이에 등 굽은 가로등 하나
가뭇하니 돌아 서 있다

늦바람 난 감들이 볼 붉히고
대추나무들이 아양을 떠는 도랑 건너면
명아주 기둥 삼아 새콩 덤불이 종두리를 짓고 있는
산 그림자 내려온 밭둑

검은 이랑 건너는 발소리에 귀를 세우고
고양이 한 마리 맴돌고 있다

시댁에서 나왔다는 딸아이 소문에
등 굽은 가로등 되어 길모퉁이 지킨다

오월의 도둑

나들이 다녀왔다
문을 꼭꼭 잠그고

집안에 가득 흘린 향기
누군가 다녀갔다

저녁노을 붉은 볼 사이로
들려오는 숨소리

잡목 숲 속에 햄끔거리는 아카시 꽃송이
잎사귀로 얼굴가리고 시침 뚝 뗀다

한 움큼 훔친 내 마음
두 손 가득 흘리며

난을 치다

먹물 한 줄로

하얀 네 가슴 적실 때

거침없이

피어오르는

설레임

맑은 한 이슬로 하얀 매 가슴 적실 때

가없이 피어오르는 설레임

경훈 박향

열듯 말듯

까르르 까르르 떠들며
수줍음 벗어 버린 몸 몸들

매화 마을에 꽃이 피기 시작하듯
와자지껄 대중탕에 봄이 몰려왔다
엄마랑 언니랑

신이 피운 꽃들
꽃 중의 꽃
몽실몽실 젖가슴에 맺히는 봉오리 봉오리들

꽃잎 봉싯 열듯 말듯
살짝 꽃술을 내어밀듯 말듯
꽃잎 활짝 무성한
뽀얀 살결 틈새 솟아나는 꽃술 꽃술들
물안개 자오록이 피어오르는
바람결이듯 물결이듯

내 몸도 어느새 분홍 향기 살랑대는
매화 한 송이로 피어난다

동안거

귀 떼어버리고

눈조차 빼 던지고

발가벗고 서 있다

꽃등 달고 묵언 수행하고 있다.

꽃당혜

서러워 설이라 했을까
장롱 속 꽃당혜는
올해도 어둠 속에서 기웃댄다

인두질 밑에서 활짝 피어나는 섣달그믐 밤
어머니 따라 조각보를 꿰매다가 졸다 보면
등불은 심지 돋우어
바느질하는 어머니를 벽에 그리고 있다

먼 길 향하는 걸음마다 수복강녕을 기원하며
한 땀 한 땀 수놓는 인동당초
우리들 설핏 잠 사이 머리맡에 놓인
진솔버선과 꽃당혜 한 켤레

어머니의 그믐밤을 하얗게 밝힌다.

불교문예 시인선 • 022

허공으로 솟는 뿌리

©박향, 2017, Printed in Seoul, Korea

초판 1쇄 인쇄 | 2017년 9월 10일
초판 1쇄 발행 | 2017년 9월 15일

지 은 이 | 박 향
펴 낸 이 | 문혜관
편 집 | 채 들
디 자 인 | 쏠트라인Saltline
펴 낸 곳 | 불교문예출판부

등록번호 | 제312-2005-000016호(2005년 6월 27일)
주 소 | 13656 서울시 서대문구 가좌로 2길 50
전 화 | 02) 308-9520
이 메 일 | bulmoonye@hanmail.net

ISBN : 978-89-97276-24-0

＊ 이 시집은 2017년 성남시문화예술발전기금을 일부 지원받아 제작하였습니다.